LA

CROIX DE JEANNETTE

OPÉRA-COMIQUE EN UN ACTE

DE M. MAURICE BOUQUET, MUSIQUE DE M. HUGH CAS

REPRÉSENTÉ POUR LA PREMIÈRE FOIS

AU GRAND-THÉATRE DE MARSEILLE, LE 17 JANVIER 1865, SOUS LA DIRECTION DE M. DEFOSSEZ

MIS EN SCÈNE PAR M. DÉFOSSEZ

Pour la musique, s'adresser à M. A. Huré, éditeur, rue du Petit-Carreau, 14, à Paris.
Ou bien à Marseille, à M. Hugh Cas, 1er chef-d'orchestre du Casino.

PARIS

CHEZ A. HURÉ, ÉDITEUR, RUE DU PETIT-CARREAU, 14.

MARSEILLE

CHEZ CAMOIN, LIBRAIRE, RUE CANNEBIÈRE.

1865.

LA

CROIX DE JEANNETTE

OPÉRA-COMIQUE EN UN ACTE.

MARSEILLE. — TYPOGRAPHIE ET LITHOGRAPHIE ARNAUD ET Cie, CANNEBIÈRE, 10.

LA

CROIX DE JEANNETTE

OPÉRA-COMIQUE EN UN ACTE

DE M. MAURICE BOUQUET, MUSIQUE DE M. HUGH CAS

REPRÉSENTÉ POUR LA PREMIÈRE FOIS

AU GRAND-THÉATRE DE MARSEILLE, LE 17 JANVIER 1865, SOUS LA DIRECTION DE M. DÉFOSSEZ

———

MIS EN SCÈNE PAR M. DÉFOSSEZ

———

Pour la musique, s'adresser à M. A. Huré, éditeur, rue du Petit-Carreau, 14, a Paris,
Ou bien à Marseille, à M. Hugh Cas, 1er chef-d'orchestre du Casino.

PARIS

CHEZ A. HURÉ, ÉDITEUR, RUE DU PETIT-CARREAU, 14.

MARSEILLE

CHEZ CAMOIN, LIBRAIRE, RUE CANNEBIÈRE.

———

1865.

LA

CROIX DE JEANNETTE

OPÉRA-COMIQUE EN UN ACTE

DE M. MAURICE BOUQUET, MUSIQUE DE M. HUGH CAS

REPRÉSENTÉ POUR LA PREMIÈRE FOIS

Au Grand-Théâtre de Marseille, le 13 janvier 1865, sous la direction de M. Défossez.

PERSONNAGES.

PETIT PIERRE, jeune berger (*)	MM.	DEVILLERS.
LANDRY, jeune et riche fermier......... ...		BOULAND.
THOMAS, villageois....................		MAURE.
UN NOTAIRE		PIVARD.
UN LAQUAIS.........................		ROGER.
JEANNETTE, jeune orpheline........	Mlle	DUFRESNY.

UN COLPORTEUR, VILLAGEOIS ET VILLAGEOISES.

(*) Ce rôle, à l'aide de modifications apportées dans la musique par le compositeur, peut être joué par un travesti.

COSTUMES LOUIS XV.

Le théâtre représente un site champêtre, avec village dans le fond; à droite une maison, dont la porte, ainsi qu'une fenêtre à balcon rustique, couvert de fleurs, donnent sur la scène; à gauche, des bosquets et charmilles; vers le milieu de la scène un grand arbre, et sous l'arbre un banc de gazon.

Au lever du rideau il fait nuit; puis, peu à peu, le crépuscule du matin se fait.

SCÈNE PREMIÈRE.

PETIT PIERRE, puis JEANNETTE.

PETIT PIERRE (*seul, juché sur une branche du grand arbre, joue de la flûte; ayant cessé de jouer, il descend de l'arbre et s'avance en scène*).

Ah! pauvre Petit Pierre! qu'on a ben raison de dire que t'es plus bête que tes moutons..... Te voilà tout blême et transi de froid pour avoir passé la nuit, juché comme un oiseau, sur cette branche... Et ça! pourquoi?... Pour que mamz'elle Jeannette entende le son de ta flûte... Ah oui!...

(*Soupirant*) Avec ça qu'elle s'en gausse pas mal de toi et de ta flûte, mamz'elle Jeannette! Peut-être qu'à présent même alle dort, encore en rêvant à son beau Landry!... Car il lui fait la cour Landry!... Il est beau, lui!... Il est riche... Alle est belle, alle est riche!... Et moi!..... Moi, on me dit que je suis laid..., et hélas! pour tout bien, je n'ai que ma vieille cahute et mon troupeau..., deux moutons et deux brebis: *Cadeau*, le mari à *Bibi*, et *Noireau*, le mari à *Blanchette*... Eh ben! quoi! ils sont heureux, eux, mes moutons! *Bibi* aime *Cadeau*, *Noireau* aime *Blanchette*.... Mon Dieu! pourquoi ne suis-je pas mouton? Je serais heureux, peut-être!... Ah! mais voilà le soleil qui va bientôt paraître... Mamz'elle Jeannette ne peut tarder à ouvrir sa fenêtre... Cachons-nous dans la feuillée! je la verrai et alle ne me verra pas .. Voir Jeannette!... J'allons voir mamz'elle Jeannette!!! Ah! mon Dieu! le drôle d'effet que ça me fait... *(Portant la main à son cœur)* Ça bat là; ça bat qu'on dirait qu'il va s'y casser quelque chose. .

Récitatif et couplets.
Dans le logis du bruit se fait entendre,
  La Jeannette aux doux yeux,
Comme l'oiseau, s'en va bientôt reprendre
  Son chant mélodieux !...

JEANNETTE *(dans l'intérieur du logis fait entendre des vocalises).*

PETIT PIERRE.
Ah! quel trouble dans tout mon être...
Oui, j'entends son doux gazouillis.
Elle apparaît à sa fenêtre...
Ah! mes yeux en sont éblouis!...
    (Il se cache dans les charmilles).

JEANNETTE *(apparaissant au balcon et se mettant à arroser les fleurs).*

1ᵉʳ couplet.
Fillette vertueuse
S'éveille le matin ,
L'âme toujours joyeuse
Avec un gai refrain :
  Tra la la la!
    La la !...
Peux-tu chanter Jeannette,
Chanter ce gai refrain !...

PETIT PIERRE *(à part).*
Je vous entends fauvette,
Chanter chaque matin :

ENSEMBLE *(et Petit Pierre faisant l'écho).*
  Tra la la ! la la la !
    La la la !...

JEANNETTE.
2ᵉ couplet.
Le soleil vient d'éclore
Au brillant horizon ;
Déjà sa clarté dore
Les fleurs de mon balcon.
  Tra la la ! la la !
    La la !...
Peux-tu, etc

PETIT PIERRE.
Je vous entends, etc.

JEANNETTE.
Tiens, on dirait que quelqu'un fait l'écho.....
Mais qui vient là... Qu'est-ce? Tous les gars du village... Est-ce qu'ils viennent me donner l'aubade?...

SCÈNE II.

Les précédents, LANDRY, THOMAS et les VILLAGEOIS.

LANDRY et les VILLAGEOIS *(saluant Jeannette à grands coups de chapeau).*

AUBADE.
Bonjour mamz'elle Jeannette,
Mamz'elle Jeannette bonjour ! .

LANDRY.
Alors qu'il rêve amour,
Le cœur d'une fillette,
Est mal en sa couchette
Dès que survient le jour.

CHŒUR.
Bonjour mamz'elle Jeannette, etc.

JEANNETTE.
Ah ! s'il rêvait amour,
Le cœur de la Jeannette,
Au fond de sa couchette,
Je crois, fuirait le jour...

CHŒUR.
Bonjour mamz'elle Jeannette, etc.

JEANNETTE *(ayant quitté le balcon et sortant du logis).*
Bonjour, monsieur Landry! bonjour, mes amis! Et qu'est-ce donc qui vous amène de si grand matin?

LANDRY *(avec une admiration affectée).*
Ma qu'alle est jolie mamz'elle Jeannette ! qu'alle est jolie !... Voyez donc ça !... Chut !... *(Il vole un baiser sur les épaules de Jeannette).*

JEANNETTE.
Eh ben ! M. Landry, sans la permission de M. le maire...

LANDRY *(riant aux éclats).*
Ohé! ohé! monsieur le maire..., pour une baisette..., on s'en passe, jarni !... et de M. le curé aussi...

PETIT PIERRE *(à part, sortant des charmilles, puis regagnant le gros arbre, sur lequel il grimpe, sans être aperçu des villageois).*
Vilain effronté, va !...

LANDRY.
Ma c'est pas ça qui nous amène... V'là la chose. Ecoutez ben, mamz'elle Jeannette ! écoutez ben !...

JEANNETTE.
Q'est-ce qu'il y a?

LANDRY
Donc demain c'est la fête de not' village... Tout le monde veut demain s'amuser, se divartir, et personne ne se divartira.

JEANNETTE.
Et comment ça?

THOMAS.
Et les courses, jarni? Et le tonneau? Et le mât de cocagne?

JEANNETTE.
Et la danse?

LANDRY.
Tout ça ne sera point !... D'abord , le bidet à M. le maire, qui devait courir avec le bidet à maître Magloire, le sacristain, y s'est cassé la patte.

TOUS.
Bah !

THOMAS.
Le sacristain?

LANDRY.

Et non!... Le bidet... Tout le monde en est désolé Il y a des femmes qu'en pleurent...

THOMAS.

Pauvres bêtes!...

LANDRY.

Et le pis, c'est que tout l'argent du mât de cocagne M. le maire l'a dépensé pour faire ranger sa patte.

THOMAS.

La patte à M. le maire?

LANDRY.

Mais non!... La patte au bidet!... Que t'es pâtu, va!... Pour ce qui est du tonneau..., ce satané soleil, il a si bien desséché la mare aux canards...que pas plus d'eau que sur ma main.

TOUS *(avec consternation)*.

C'est-y possible! c'est-y possible!...

LANDRY.

Quant à la danse, c'est peut-être pis encore!... Jean Crincrin, le ménétrier, a été mis en prison dans le grenier à M. le maire, pour avoir tué le matou à la mère Cochu et l'avoir mangé en gibelotte.

TOUS *(avec indignation)*.

Oh! oh!...

LANDRY.

M. le maire a dit qu'il garderait Jean Crincrin enfermé, tant qu'il n'aurait pas payé le matou deux écus.

THOMAS.

Deux écus le matou?...

LANDRY.

Et Jean Crincrin a mangé le matou à la mère Cochu, justement parce qu'il avait bu son dernier écu.

TOUS *(avec désolation)*.

Oh! oh! c'est pitoyable! pitoyable!...

JEANNETTE.

C'est affreux!... Ne pas danser.

THOMAS.

Comment donc faire?

LANDRY.

Comment faire?... Ah! velà... Eh ben! moi, j'avons le moyen.

TOUS.

Voyons voir, voyons voir!

LANDRY.

Dam!... faut tout simplement que mamz'elle Jeannette dise oui.

JEANNETTE.

Oui?... Oui quoi?..

LANDRY.

Voici : que puisque mamz'elle Jeannette plaît à M. Landry, et que M. Landry ne déplaît point à mamz'elle Jeannette; qu'ils sont déjà l'un et l'autre comme quoi on dirait des promis.....: faut se décider à signer le contrat aujourd'hui et à demain la noce! Pour ça, on avertira M. le marquis qu'est vot' parrain et vot' tuteur, puisque vous n'avez plus ni père, ni mère, ni autre apparenté.., et demain on dansera! C'est moi qui paierai les deux écus pour maître Crincrin... On est généreux dam!.. On l'est quand on veut..., velà!...

ENSEMBLE.

LES VILLAGEOIS.

Dites oui, mamz'elle Jeannette.
Dites oui!.. l'on dansera,
On dansera laïrette
On dansera
laïra!

JEANNETTE.

Sitôt monsieur Landry,
Vous dir' oui!...

LANDRY.

Ah! vite il faut le dire,
Car ce mot-là que je désire
Comblant enfin mes vœux,
Fera, peut-être.. deux heureux.

JEANNETTE.

Bien vrai!...

LANDRY.

Je vous l'assure.

LES VILLAGEOIS *(à Jeannette)*.

Il vous l'assure.

LANDRY.

Pourquoi donc hésiter?
Et pouvez-vous douter,
Oui, douter de la chose?

JEANNETTE *(minaudant)*.

Non..., je ne sais..., mais je n'ose...

LANDRY.

Ah! croyez-le, ce mot devant combler mes vœux
Fera, Jeannette, deux heureux.

JEANNETTE.

Ah! s'il avait cette puissance!

LES VILLAGEOIS.

Pourquoi donc rester en balance?

JEANNETTE.

Eh ben! monsieur Landry,
Je dis oui! je dis oui!...

LES VILLAGEOIS *(sautant de joie)*.

All' dit oui, mamz'elle Jeannette.
All' dit oui, l'on dansera,
On dansera
Laïra.

(Sur ces derniers mots les villageois dansent une bourrée).

PETIT PIERRE *(sur l'arbre)*.

Ah malheur! malheur!!!

(En disant ces mots il jette avec désespoir son chapeau au milieu des villageois).

LANDRY *(sur qui le chapeau est tombé)*.

Ohé! quesqu'il tombe d'en haut?

THOMAS.

Un chapeau ?...

LANDRY.

Y a quelqu'un sur l'arbre.

THOMAS (regardant).

Eh pardienne oui!... C'est petit Pierre...

TOUS (regardant sur l'arbre et avec moquerie).

Ohé! ohé! Petit Pierre, Petit Pierre!...

LANDRY.

Qu'ast-ce que tu fais là-haut, vilain feignant, au lieu de garder tes moutons? Qu'ast-ce que tu fais?

PETIT PIERRE.

Ça ne te regarde pas, Landry de malheur!

LANDRY (lui montrant le poing).

Qu'ast-ce qu'il dit, ce petit déguenillé, ce vagabond.

THOMAS.

Y doit chercher là-haut des nids de chouettes.

TOUS (avec moquerie).

Oh! oh! des nids de chouettes!

THOMAS (à Jeannette).

Ah mais! vous ne savez point, mamzelle Jeannette! on dit que Petit Pierre s'est épris d'amour pour vous. . Y vous fait cet honneur-là!... Et toutes les nuits il vient vous ennuyer de sa flûte.

JEANNETTE.

C'est vrai; j'entends, la nuit, une flûte qui...

TOUS.

Oh! oh! la bonne gausse!...

LANDRY.

Ohé! Petit Pierre, va-t-en retrouver tes moutons, y doivent se désoler de pas t'avoir avec eux : entre bêtes on s'aime.

TOUS (huant Petit Pierre).

Ouh! ouh! ouh!...

PETIT PIERRE (à part, avec douleur).

Oh! les méchants!...

THOMAS (aux villageois).

Allons, maintenant, partons les amis.

(Landry donne un coup de pied au chapeau de Petit Pierre, et tous les villageois s'en vont sur la reprise de : On dansera, lairette!

SCÈNE III.

JEANNETTE, LANDRY, puis PETIT PIERRE (qui est descendu de l'arbre).

LANDRY (prenant la main à Jeannette).

(Avec joie).

Ah! mamzelle Jeannette! mamzelle Jeannette!.

TRIO.

Oui, oui, demain, je veux faire merveille!
Ici, j'en suis certain,
On n'aura vu jamais une fête pareille
A celle de demain.
Je veux que dans tout le village
Chaque garçon enrage
En voyant vol' heureux époux!

JEANNETTE.

Moi, je veux que chaque fillette,
Dans ce beau jour de fête,
En voyant les heureux époux,
Se sente un cœur jaloux!

PETIT PIERRE (dans un coin, à l'écart).

De leur bonheur je suis jaloux!
Leur joie, hélas! est pour mon âme,
Comme du fiel.
Mamz'elle Jeannette, sa femme!
C'est trop cruel.

LANDRY.

Ah! mamz'elle Jeannette!
Vous m'allez voir cette toilette :
Je mets mon habit de nankin
Et ma culotte de bazin;
Puis ma cravate blanche,
Mon beau chapeau,
Mon chapeau du dimanche!
Avec ma chemise à jabot.
Oh! oh! oh! oh!
Oui, vous verrez si Landry sera beau!

JEANNETTE   PETIT PIERRE (à part).

Ah! que Landry, que Landry sera beau!...

PETIT PIERRE (à part).

Allons, allons, chasse ton rêve!...
C'est bien cruel! mais il le faut!
A ta folie, allons, fais trêve,
C'était un trop beau rêve...
Petit Pierre n'est qu'un nigaud.

LANDRY.

Dans le village,
Quel caquetage,
En voyant les époux... .

JEANNETTE.

Oui, de Jeannette,
Chaque fillette,
Se sent le cœur jaloux.

PETIT PIERRE.

De leur bonheur, je suis jaloux!

ENSEMBLE.

Reprise :

Dans le village, etc.

LANDRY.

Au revoir, mamz'elle Jeannette... A midi précis j'arrivons avec M. le notaire et toute not' famille, parents et amis. (A part, s'en allant) Oh! quelle affaire, Landry... quelle affaire!...

SCÈNE IV.

JEANNETTE et PETIT PIERRE.

(Petit Pierre s'est laissé tomber sur le banc où il pleure, le visage caché dans ses mains).

JEANNETTE.

Qu'il est charmant ce M. Landry!.. C'est ben assurément le plus beau gars du pays... Et moi, Jeannette, je vas l'épouser!... Je vas être madame Landry. (Se retournant à un sanglot de Petit Pierre) Tiens, qui est encore là?... C'est Petit

Pierre... Il pleure, je crois... Pauvre enfant ! . Car c'est un enfant. (*Approchant de Petit Pierre*) Eh ben quoi !... Qu'as-tu, Petit Pierre ? C'est pour ton chapeau que tu pleures ?... Attends, je vas te le donner... Ils sont méchants aussi tous ces autres... (*Elle va ramasser le chapeau*) Pauvre garçon ! C'est lui qui vient ainsi chaque nuit, jouer de la flûte sous ma fenêtre... C'est qu'il en joue fort bien !... Puis, de jolis airs de rossignol, qui me tiennent éveillée longtemps et me font rêver... . Oh ! rêver de jolies choses !... (*Lui donnant son chapeau*) Tenez, Petit Pierre, mon ami, voilà votre chapeau.

PETIT PIERRE (*prenant timidement son chapeau*).

(*A part, avec joie*) Mon ami !... All' m'a dit son ami. (*Haut*) Oh ! mamz'elle Jeannette, ce mot-là..., ce mot... Oh ! merci, mamz'elle Jeannette !..., merci !... (*Il sort en toute hâte*).

SCÈNE V.

JEANNETTE.

Pauvre Petit Pierre, on dirait que je lui fais peur !... Ah ! nous disons donc que c'est à midi que M. Landry amènera le notaire ; avant, M. le marquis, lui qu'est mon parrain et mon tuteur, devra être averti... C'est lui qui s'est chargé de me doter, à condition que je choisirai pour mari, un brave et honnête garçon . . J'espère qu'il n'y a rien à dire sur le compte de M. Landry. On prétend ben qu'il est un peu trop économe, et qu'il aime plus un bel écu qu'une jolie fille... ; mais bah ! ce sont les mauvaises langues (*Elle entre dans le logis*).

SCÈNE VI.

LANDRY, puis JEANNETTE.

LANDRY.

Ah ! me revoici !... All' n'est plus là ?.. Eh ben ! santibois !... Landry, mon vieux ! ça s'appelle ben mener les choses, ça !... V'là le mariage consenti et presque bâclé !... J'avons fait prévenir M. le marquis et les parents... J'avons fait tuer pour le repas de noce les trois vieux coqs de la ferme... C'est dur le vieux coq, on en mangera moins..... Puis, je ferons mettre moitié eau dans les bouteilles..., ça boit beaucoup les parents ; le vin pur leur z'y ferait faire des bêtises. Ça va être une noce comme on n'en aura jamais vu dans le pays..., et ça ! sans dépenser un rouge liard !... Faut être économe en ménage. Maintenant, voyons un peu cette jeunesse... Faut voir, en fin finale, ce que M. le marquis l'y donne pour dot..., car la dot, pour moi..., vrai !... c'est le principal.

JEANNETTE (*sortant du logis*).

Ah ! vous êtes là, M. Landry.

LANDRY.

Oui, mamz'elle Jeannette... Une idée !... J'ai voulu comme ça venir causer un petit brin ensemble, de not' bonheur à tous deux...

JEANNETTE.

C'est ben pensé, M. Landry.

LANDRY.

(*A part*) Soyons fin et adroit. (*Haut*) Hem ! savez-vous ben, mamz'elle Jeannette, que vous allez être la plus belle fermière du pays !. .

JEANNETTE.

Complimenteur !

LANDRY.

La plus belle et la plus riche aussi... Car, outre la Grand' Ferme, que vous connaissez ben, et ousqu'on récolte, an pour an, cinquante charges blé ou avoine, j'avons encore...

JEANNETTE.

Bah ! M. Landry... Tout ça, c'est le plus petit de mes soucis.

LANDRY.

Oh ! que non..., que non !... Et que vous êtes ben contente vous aussi d'avoir cette belle et bonne dot que vous donne M. le marquis, vot' parrain. C'est pas que j'y tienne au moins !... Mais enfin, une fille qu'a quelque chose comme cinq cents écus..., c'est gentil..., gentil pour elle.

JEANNETTE.

Cinq cents écus !... Mais qui vous a dit ça, M. Landry ?...

LANDRY.

Je sais pas... On le dit..., par ci..., par là..., dans le village.

JEANNETTE.

Ce sont des contes cela, M. Landry ; car je ne sais pas encore moi-même ce que veut ben me donner M. le marquis..., et ne m'en suis jamais importunée... ; car allez, croyez-le ben, c'est pas l'argent qui fait le bonheur en ménage.

LANDRY (*avec humeur*).

C'est pas l'argent ! c'est pas l'argent !

JEANNETTE.

Ah ça, M. Landry, serait-ce donc vrai que vous êtes un peu ?....

LANDRY.

Moi ?...

DUO.

C'est une calomnie,
Vraiment n'en croyez rien.
Une fille jolie,
Comme vous accomplie,
Voilà le plus grand bien !

JEANNETTE.

Oh ! j'en étais certaine...

LANDRY (*à part*).

Que cette fille est vaine.

JEANNETTE.

Fort bien, monsieur Landry,
Je n'en ai plus aucun souci,
Vous devez faire un bon mari !...

LANDRY.

Un excellent mari !

(*A part*).

Au diable donc, la belle !
Qui ne sait pas encor,

Si c'est du cuivre ou bien de l'or
Que le marquis donne pour elle,
A son mari.

JEANNETTE.

Monsieur Landry,
Ah ! quel charmant ménage,
Que nous serons heureux,
Tous deux ! tous deux !
Jamais aucun nuage.

LANDRY.

Que nous serons heureux,
Tous deux ! tous deux !

(*A part*).

Ah ! j'en enrage.

JEANNETTE.

Que vois-je !... votre visage
Semble en douter,
Et vous paraissez regretter...

LANDRY.

(*Parlé*) Moi ?...

ENSEMBLE.

C'est une calomnie
Vraiment, n'en croyez rien,
Une fille jolie,
Quoique non }
Comme vous } accomplie,
Voilà le plus grand bien !
Voilà ! voilà !
Le plus grand bien !...

SCÈNE VII.

Les précédents, PETIT PIERRE, THOMAS, un COL-
PORTEUR, VILLAGEOIS et VILLAGEOISES.

(Le Colporteur entre suivi de la foule des villageois
et étale le contenu de sa balle sur le banc, au pied
de l'arbre).

CHŒUR.

Voici le marchand,
Réjouissez-vous }
Réjouissons-nous } fillettes,
Voici le marchand qui vend,
De quoi faire nos toilettes,
Voici ! voici ! le marchand !

LANDRY.

Qu'ast-ce que tout ceci ?... Ah ! un colporteur !...
Mauvaise race..., ça n'est bon qu'à gripper les
sous de la jeunesse.

JEANNETTE (*s'avançant du colporteur*).

Ah ! voyons, voyons !... Oh ! les belles dentelles, les jolis fichus, mon Dieu !...

LANDRY (*à part*).

Bon ! la vela aux fichus, aux dentelles.

THOMAS.

Ohé Landry !... Qu'ast-ce que tu achètes donc
à mamz'elle Jeannette?

LANDRY.

Ça ne te regarde pas, gros Thomas ! Crois-tu
que toutes les filles soient vaniteuses comme ta
Catherine, qui te mangera jusqu'à ta chemise?..
Quelque chose de propre !

JEANNETTE (*prenant des mains du marchand une petite croix d'or à collier de ruban*).

Oh ! la jolie croix !... Comme elle est belle...
Elle est d'or, n'est-ce pas ?

LE COLPORTEUR.

Oui, mamz'elle.

JEANNETTE.

Voyons !... Voyons ! que je l'essaie. (*Elle se pare
de la croix*) Là !

LANDRY (*à part, faisant la moue*).

Hem !... Une croix d'or !

JEANNETTE.

Que c'est gentil !... Est-ce qu'elle me va bien
comme ça ?

PETIT PIERRE (*comme en extase devant Jeannette*).

Oh ! oui !... Oh oui !!!

LANDRY (*apercevant Petit Pierre*).

Oh ! oh ! c'est Petit Pierre qu'a parlé... Une
bête qu'a dit son avis.

PETIT PIERRE (*avec un mouvement de colère.*)

Monsieur Landry !...

LANDRY.

Non, all' ne va pas ben à mamz'elle Jeannette !...
A une jeunesse, ces colifichets..., ça va toujours
mal... La nature, rien que la nature... Velà ce qui
va bien.

LES VILLAGEOISES (*murmurant*).

Oh ! c'est pas sûr, ça..., c'est pas sûr !...

LANDRY.

Hem ! Qu'ast-ce qu'elles jabottent ces vaniteuses?... C'est mon avis à moi... Puis, qu'ast-ce
que ça peut valoir cette croix?... Du faux or ..,
ben sûr.

LE COLPORTEUR.

Cette croix?... En bon or, M. Landry, se vend
six écus.

LANDRY (*furieux*).

Six écus !... Mais c'est une volerie !... Une gueu-
serie... C'est à en avertir M. le maire et le garde-
champêtre... Six écus !... Tenez, mamz'elle Jeannette, prenez-moi ce magnifique fichu... Il est
rouge, bleu, jaune, vert..., il y a de toutes les cou-
leurs. C'est superbe..... Combien le fichu, marchand?

LE COLPORTEUR.

Quinze sous !... Ce n'est pas un fichu, monsieur,
c'est un mouchoir.

LANDRY.

Un mouchoir, ça? Gros bêta ! y connaît même
pas sa marchandise. C'est un fichu, encore un beau
fichu..... Tenez, mamz'elle Jeannette, velà mon
présent.

(*Murmures ironiques parmi les villageois. — Landry
passe le mouchoir autour du cou de Jeannette, et,
sortant de sa poche une vieille bourse, paie le marchand*).

JEANNETTE (*toute attristée*).

Merci, M. Landry... Tenez, marchand, reprenez
votre petite croix. (*A part*) Qu'elle est jolie !... Et
il me l'a refusée... Oh oui ! c'est un avaricieux !

PETIT PIERRE (*à part*).

Eh ben quoi! il ne la lui achète pas?... Vilain pingre, va !... Oh! si j'étais à sa place..., si j'étais... (*tâtant son gousset*) mais non, hélas! je ne suis pas.....

LANDRY (*serrant sa bourse après en avoir compté le contenu*).

Velà pourtant quinze sous de dépensé!... Mais utilement dépensé... Velà, mamz'elle Jeannette, un commencement de ménage.

LE COLPORTEUR.

Allons, je vas vendre plus loin ; qui veut encore acheter, me suive.

REPRISE DU CHŒUR.

Suivons, suivons le marchand,
Allons garçons et fillettes, etc.

(Les villageois s'en vont, en suivant le marchand.)

LANDRY.

Allons mamz'elle Jeannette, maintenant à vot' toilette. Faites-vous ben belle..., et, ça ne sera point difficile. (*Tirant sa montre*) Il est dix heures... Moi, je vas me faire la barbe..., et puis... (*Avec un soupir et la main sur le cœur*) Ah! mamz'elle Jeannette! quel bonheur pour tous deux!...

JEANNETTE (*boudant et rentrant au logis*).

Adieu... M. Landry.

LANDRY (*à part*).

Ast-ce qu'alle ne serait point contente?.. Pas possible!...

SCÈNE VIII.

LANDRY et PETIT PIERRE.

PETIT PIERRE (*à part*).

Eh ben donc !... Il la laisse rentrer attristée comme ça... Oh! faut pas hésiter Petit Pierre !... (*A Landry qui va pour sortir*) M. Landry ?..

LANDRY.

Hem ! qu'est-ce? Bah ! c'est encore ce petit déguenillé !... Qu'est-ce que tu ravodes donc là ?

PETIT PIERRE.

(*Avec fierté*) Je ne ravodons pas, M. Landry !... (*A part*) Mais non, contenons-nous.

LANDRY.

Eh ben que veux-tu..., que t'ose me parler ?

PETIT PIERRE.

M. Landry..., c'est d'affaire que je voudrais parler avec vous...

LANDRY (*étonné*).

D'affaire avec moi ?...

PETIT PIERRE.

Oui... J'ai idée de quitter le pays..., et avant je voudrais vendre la maisonnette que m'a laissée ma pauvre mère... (*Avec douleur, à part*) Pauvre chère maisonnette, va!...

LANDRY.

Cette vieille cahute?... Et que veux-tu qu'on en fasse ?

PETIT PIERRE.

C'est vrai... All' est ben vieille, mais all' peut servir encore...

LANDRY.

Et tu veux que je te l'achète ?... Je n'en veux point, moi.

PETIT PIERRE.

Point...

LANDRY.

Non...

PETIT PIERRE (*à part, avec désespoir*).

Oh mon Dieu ! mon Dieu ! il n'en veut point... Ah ! une idée.. (*Appelant Landry qui s'en va*) M. Landry...

LANDRY (*se retournant*).

Qu'ast-ce encore?

PETIT PIERRE (*à part*).

Bon Dieu ! faut-il que je l'aime, que je l'aime!... (*Haut*) M. Landry, écoutez.. Je vous vendrai Bibi et Cadeau, Noireau et Blanchette !... Ma pauvre petite Blanchette !... Oui... Oui, je vous vends tout... Que m'en donnez-vous !

LANDRY.

Noireau, Blanchette, Bibi... Qu'ast-ce que c'est que tout ça ?

PETIT PIERRE.

Bibi..., c'est ma petite brebis rousse. Noireau..., mon mouton noir. Blanchette..., pauvre jolie !...

LANDRY.

Alors tu veux me vendre tes moutons ?...

PETIT PIERRE.

Oui.

LANDRY.

Combien que t'en veut?

PETIT PIERRE (*désolé*).

Ce que j'en veux... Ce que j'en.....

LANDRY.

Eh ben oui!... Car tu m'ennuies à la fin, avec tes pleurniches...

PETIT PIERRE.

(*A part*). Oh mon Dieu!... (*Haut*) Six écus!

LANDRY.

Six écus!... (*A part*) Mais l'affaire est bonne... (*Haut, tendant la main à Petit Pierre*). Eh ben !.. Eh ben !... Tope là, Petit Pierre !

DUETTO.

(*A part.*)
    C'est une bonne affaire !
(*Haut*).
        Tope là, tope là,
        Tope là, Petit Pierre,
        Et je te paierai ça.
        Tope là, tope là !...

PETIT PIERRE (*à part*).

Ah ! dans mon cœur, quelle douleur amère !
Me séparer de ces tendres amis ;
Combien il faut que vous me soyez chère,
Pour que je vous préfère,

Jeannette, à mes moutons chéris,
A mes derniers, mes uniques amis.

(Il tend la main à Landry).

LANDRY *(la lui prenant).*

(A part).

C'est une bonne affaire !...

(Haut).

Mais ta main tremble, Petit Pierre ?

PETIT PIERRE *(à part).*

Ça m'étouffe le cœur...
Je sens des pleurs sous ma paupière...
Mais puisque ça fait son bonheur...

(Frappant dans la main de Landry).

ENSEMBLE.

C'est une bonne affaire...
Tope   } là *(bis)*
Topons

Tope   } là Petit Pierre !
Topons

Et je te paierai ça !
Et vous me paierez ça !
Tope là !
Topons là ! ..

(Ils sortent).

SCÈNE IX.

UN DOMESTIQUE (en livrée) puis JEANNETTE.

LE DOMESTIQUE *(portant une cassette à la main et reconnaissant le logis de Jeannette).*

C'est bien ici. *(Appelant)* Mademoiselle Jeannette.

JEANNETTE *(sortant du logis endimanchée).*
Hé! qui m'appelle?... Ah! un domestique,

LE DOMESTIQUE *(lui remettant la cassette).*
Voici, mademoiselle Jeannette, ce que M. le marquis, en partant pour la Cour, m'a ordonné de vous remettre, le jour de votre mariage.

JEANNETTE.

Ah! ce bon parrain !.. Il ne saurait donc oublier sa petite Jeannette.

(Le domestique salue et sort).

SCÈNE X.

JEANNETTE *(seule).*

Que peut bien contenir cette jolie cassette?...
Voyons, ouvrons-la... Une petite boîte d'abord...
Des bijoux dedans !... Qu'ils sont beaux, mon Dieu !... Comme ils brillent, on dirait d'eux des soleils !... Ce sont des diamants peut-être... Des diamants !... Eh ben, c'est drôle ! cette petite croix toute simple, toute mignonne, me plaisait encore mieux. *(Fouillant dans la cassette)*. Qu'est-ce que ceci, à présent? Un papier !... *(Le lisant)* « Je déclare devant maître Griffard, notaire royal, reconnaître à ma filleule Jeannette, une rente annuelle de trois cents écus !... » — Trois cents écus !.. Ah! mon Dieu ! mais me voilà riche..., trop riche !... M. Landry va-t-y être donc content, car il aime l'argent, lui !... Trop sans

doute !... C'est égal, c'est un ben bel homme que M. Landry... Hem ! qui vient là?... *(Petit Pierre apparaît derrière une charmille et disparaît aussitôt)* Bah! c'est Petit Pierre qui s'approchait et qui a fui aussitôt qu'il m'a vue... Qu'est-ce qu'il a donc d'avoir peur de moi comme ça?... Ah! mais allons ben vite enfermer toutes ces belles choses.

(Elle rentre dans le logis).

SCÈNE XI.

PETIT PIERRE puis JEANNETTE.

PETIT PIERRE *(tenant à la main la petite croix d'or du colporteur, entre craintivement, en regardant à droite et à gauche).*
(Avec désappointement) All' n'y est plus !... Plus du tout !... Comment la lui donner alors? Moi qui désirais tant l'avoir, cette petite croix, pour lui dire : Tenez, mamz'elle Jeannette, Landry, lui qui est riche, vous l'a refusée. Petit Pierre, lui qui est pauvre, vous supplie de l'accepter... — Et voilà maintenant que je ne savons plus que dire et que faire !... Ah! mon Dieu ! qu'il y a de la déplaisance à être comme ça.....

JEANNETTE *(rentrant en scène).*
(A part). Encore lui !... Que vois-je, il tient la petite croix du marchand !

PETIT PIERRE *(apercevant Jeannette, hésitant, puis se sauvant).*
Ah! ah! mon Dieu !... Oui, c'est encore alle.

JEANNETTE.
Bon, velà que de nouveau je lui avons fait peur.
Que veut-il donc en faire de cette petite croix? ..
Je... je ne sais... On dit ben qu'il s'est épris d'amour pour moi... Mais, certes,.. il n'a jamais osé me le dire.. *(Regardant, et apercevant Petit Pierre qui la guette de derrière les charmilles)* Bon ! je l'ai vu encore, il guette de là-bas...

SCÈNE *et* ROMANCE
Allons ! donnons-lui du courage ;
Peut-être, saurons-nous enfin,
Ce qu'il veut, quel est son dessein.

(Elle va s'asseoir sur le banc qui est au pied de l'arbre).

Que l'air est pur sous cet ombrage !
On sent une douce fraîcheur...
L'oiseau déjà, dans le feuillage,
Dort, assoupi par la chaleur.
Comme lui, la chaleur m'accable.
Comme lui, fuyant le soleil,
Je sens, malgré moi, le sommeil,
Qui dans mes yeux jette du sable...

PETIT PIERRE *(s'avançant doucement).*

(A part).

Elle s'en va dormir, je crois.

JEANNETTE *(à part).*
Oui, le voilà qui s'avance vers moi !...
(Faisant semblant de s'endormir).
..... l'air est pur... Sous cet ombrage...
... ...une douce fraîcheur,

L'oiseau...... ... dans le feuillage
Dort.. .... par la chaleur...
(Sur ces derniers mots, à peine prononcés, elle paraît
s'être endormie).

PETIT PIERRE (*s'avançant toujours*).

Elle dort? oui! De la prudence!...
Approchons-nous sans bruit...
Encor!... velà que je balance...
Je voudrais qu'il fît nuit !...
Puisqu'alle dort, alle ne peut m'entendre.
Qu'all' est gentille comme ça !
Mais comment vais-je donc m'y prendre ?

(Lui passant doucement le collier de la croix autour
du cou).

Voyons ! là !... C'est ça ! la voilà !...
Et maintenant, en échange, Jeannette,
De vous, je veux un souvenir.
Ah ! sur son sein, je vois une fleurette,
Mais oserai-je l'y cueillir?...

(Prenant la fleur d'une main tremblante et tout en dé-
tournant la tête).

Ah ! c'est fait ! je crois la tenir !...

(Couvrant la fleur de baisers et la pressant sur son
cœur).

1er couplet.

Je te tiens, ô ma fleur chérie !
De son cœur passe sur le sien ;
Sur mon cœur, fleurette jolie,
C'est pour toujours que je te tiens !

Si j'ai vendu mon troupeau, ma chaumière,
Pour lui donner cette croix d'or,
Ne plaignez pas le sort de Petit Pierre,
Car il a pris en retour plus encor...

2e couplet.

Je te tiens, ô ma fleur chérie !
De son cœur, etc.

Je n'ai plus rien ...plus rien que ma houlette,
Qu'un souvenir de mes amours ;
Je vais partir... Soyez heureux', Jeannette,
Moi ! je vous aimerai toujours !...
Toujours !...

(Il s'en va, les yeux pleins de larmes, et en lançant à
Jeannette un dernier baiser).

SCÈNE XII.

JEANNETTE et LANDRY.

LANDRY (*arrivant en grande toilette*).

Hé bah !... Qu'as-ce que vous faisiez donc là
mamz'elle Jeannette?... Vous dormiez?... et M.
le notaire qui est là qui va venir...

JEANNETTE (*regardant de tous côtés*).

(A part). Il est parti !... (Haut). Ah ! c'est vous
M. Landry... Oui, je me reposais... La chaleur...,
un peu de fatigue..., (Feignant l'étonnement). Mais,
que vois-je..., cette croix !..., cette mignonne
croix à mon cou !..

LANDRY.

Bah !... c'est véridique !... la croix du colporteur...; mais comment ça?...

JEANNETTE.

Je ne sais... je m'étais andormie là... Et maintenant...

LANDRY.

Bah !... mais c'est de la magie..., de la sorcel-
lerie!...

JEANNETTE.

Oh ! non..., je ne crois pas..., et plûtôt...., oui,
je devine... Ah! que c'est gentil à vous, M. Landry..

LANDRY.

Gentil à moi !...

JEANNETTE.

Et vous avez profité de mon sommeil pour cela?

LANDRY (*ne comprenant pas*).
Quoi, cela?...

JEANNETTE.

Eh ! mon Dieu, pour me faire ce joli présent...
Allez donc, M. Landry , faites l'étonné..., vous
ne m'y prendrez pas.

LANDRY.

Je fas l'étonné... moi?...

JEANNETTE.

Vous vous êtes dit : Jeannette avait bien envie
de cette petite croix... j'ai été un méchant de la
lui refuser... Cela lui aura donné mauvaise opinion
de moi... réparons notre faute, en lui faisant cette
gentille surprise.

LANDRY (*à part*).

Bah !... au fait, puis qu'alle le dit et le croit...
(Haut). Mais oui..., oui, c'est une idée comme
ça... qui m'est venue..., il m'en vient ben souvent,
comme ça, des idées. . à moi !...

JEANNETTE.

Que vous êtes aimable!...

LANDRY.

Oh ! y a pas de quoi. , je me suis dis comme ça :
Tu as eu tort, Landry, de refuser cette petite croix
à mamz'elle Jeannette... faut la lui acheter...; de
sorte que... en sorte que..., faut lui faire cette
gentille surprise !...

JEANNETTE.

Et vous l'avez faite ?..

LANDRY.

Et je l'avons, faite !

JEANNETTE.

Merci, M. Landry, merci !. .

LANDRY.

Oh! y a pas de quoi !... c'est une accoutumance,
chez moi...

JEANNETTE.

Mais à mon tour, je vas vous annoncer une bonne
nouvelle, vous faire une surprise aussi... Atten-
dez un instant, M. Landry... (Elle rentre dans son
logis).

LANDRY.

Qu'alle nouvelle ?... (riant.) Ah qualle gausse !...
qu'alle gausse, bon Dieu !... et comme alle y croit...

Vrai ! Landry, t'es un madré.. Mais de père en fils, c'est comme ça dans la famille.

JEANNETTE (*revenant, la cassette à la main*).

Voyez ça , M. Landry.

LANDRY.

Quoi !... (*Examinant le contenu de la cassette.*) Oh ! oh ! que c'est y beau... de l'or... des diamants pour de vrai ! sanqié !... mais ça vaut beaucoup d'argent en écus, ça !... et ça est venu encore pendant le sommeil.

JEANNETTE.

Oh ! non !...

LANDRY (*à part*).

Tant pire !... J'aurions dit que c'est moi...

JEANNETTE.

C'est M. le marquis qui me les a envoyés, avec ce petit papier-là... Lisez !

LANDRY (*lisant le papier.*)

Que vois-je !... Trois cents..., trois cents écus !... pour vous !... pour nous !... Ah ! que M. le marquis est donc un bonhomme... Ah ! quel bonhomme de marquis, bon Dieu !.. Trois cents écus par an ! Le notaire doit être là !.. mamz'elle Jeannette... Je vas lui courir au devant... Ah ! mamz'elle Jeannette... qu'êtes-vous donc gentille, bon Dieu !.. qu'êtes-vous donc gentille !...

JEANNETTE.

Vous trouvez !...

LANDRY.

Oh ! oui !... (*courant vers le fond du théâtre.*) Eh ben, quoi ! tenez... J'entends du bruit là-bas... C'est toute la famille qui arrive, avec M. le notaire en tête... (*agitant son chapeau pour appeler les arrivants*). Ohé ! ohé ! ohé !...

JEANNETTE (*à part avec tristesse et dépit*).

Oh ! oui... elle est gentille !.. Trois cents écus de rente à Jeannette !...

SCÈNE XIII.

Les PRÉCÉDENTS, le NOTAIRE, THOMAS, VILLAGEOIS et VILLAGEOISES, puis PETIT PIERRE.

CHŒUR.

Parents, amis, dans cette affaire,
Suivons tous, suivons tous,
Suivons tous, Monsieur le notaire
Au contrat des époux !...

(Jeannette va au-devant du notaire ; celui-ci l'ayant baisée au front, elle l'introduit dans le logis).

LANDRY (*aux villageois*).

Vite... allons vite... Une table... puis un fauteuil pour M. le notaire... (*Deux villageois vont prendre dans le logis une table et un fauteuil.*) là... c'est ça.. . placez-moi ça sous le grand arbre.... En sorte que tout le monde y puissions voir signer le contrat... (*A part*). Oh ! qualle joie... qualle joie... (*Haut*). Eh ben !... et mamz'elle Jeannette, ousqu'all est ?

THOMAS.

All' cause avec M. le notaire, donc !...

LANDRY.

Bah ! et pourquoi faire !... Faut donc l'attendre...

(On entend une flûte, dont le son va se rapprochant. Musique en sourdine à l'orchestre).

Q'ast-ce donc que cette flûte ?

THOMAS.

Ça... ce doit être Petit Pierre... Vous savez donc pas... le pauvret y quitte le pays...

LANDRY.

Eh ben ! bon voyage.

LE NOTAIRE (*tenant Jeannette par la main et sortant du logis*).

Fort bien, mon enfant !...

JEANNETTE (*entendant le son de la flûte*).

(*A part*) Le son de cette flûte !... Pauvre Petit Pierre... J'en étais certaine... C'est lui...

TOUS (*acclamant le notaire et Jeannette*).

Ah ! les vela ! les vela !...

LANDRY.

Monsieur le notaire.. Vela le fauteuil qui vous attend..., avec tout le monde...

(Petit Pierre apparaît au fond du théâtre, un bâton sur l'épaule, et un petit paquet attaché au bâton ; il joue de la flûte).

(Le notaire s'asseoit et se met à feuilleter ses dossiers ; les paysans se rangent autour de la table).

PETIT PIERRE (*s'avançant en scène*).

(Musique en sourdine à l'orchestre).

(*A part*) Que fais-là tout ce monde ?... Ah ! oui, je sais... On va signer... signer le contrat de Jeannette... (*Portant la main à son cœur*) Mon Dieu ! v'là que ça me reprend encore, là, au cœur..... Hélas ! ce matin..., ça me faisait du bien..., et maintenant ça me déchire..., ça me tue !... (*Avec colère*) Oh ! Landry !... Allons, pas de fureur, pauvre Petit Pierre... C'est comme ça... Faut être malheureux !... C'était peut-être écrit là-haut... Allons, à présent... adieu !... Adieu à tout ce que j'ai aimé... Faut partir..., car ici..., n'y a pu que du malheur pour toi... pour..... Oh ! ça m'étouffe !... Ça m'étouffe...., des larmes !...

(*Il se laisse tomber sur ses genoux*).

LANDRY.

Qu'ast-ce qui pleurniche par là !... Hem ! encore ce vagabond... Va-t-en donc pleurnicher plus loin..., entends-tu, l'ami ?... (*Au notaire*) Ast-ce que nous y sommes, M. le notaire ?...

LE NOTAIRE.

Oui... Nous voilà prêt.

LANDRY (*prenant la plume*).

Eh ben... Signons !...

PETIT PIERRE (*se relevant*).

(*A part*) Ils vont signer... Oh ! fuyons !...

LE NOTAIRE.

Signons !... Mais, M. Landry, ça ne vous regarde pas.

LANDRY.

Hem!... Ça ne me?...

LE NOTAIRE.

Votre nom n'est pour rien dans le contrat.

LANDRY.

Y n'y a pas mon nom !!!

LE NOTAIRE.

Voyez plutôt. (*Lisant*) Entre Pierre Durand, dit
Petit Pierre, exerçant la profession de berger, et
demoiselle Jeannette...

LANDRY (*bondissant*).

Quall' est cette gausse!...

(Murmures d'étonnement parmi les villageois).

PETIT PIERRE (*qui s'est rapproché, tout palpitant*).

Qu'ast-ce qu'ils ont dit... Entre Petit Pierre
et... Ah! mon Dieu!...Mon Dieu!... Ast-ce que
j'ai ben entendu?...

JEANNETTE (*répondant à Landry*).

Que Jeannette ne veut point pour mari d'un
avaricieux et d'un menteur, comme M. Landry que
vela...

LANDRY (*tressaillant*).

Bah! quoi!...

JEANNETTE (*se retournant vers Petit Pierre*).

Mais ben d'un bon et franc cœur, comme Petit
Pierre. ., si toutefois M. Pierre y consent.

LANDRY (*hors de lui*).

Jarnidieu!

PETIT PIERRE.

Oh! mamz'elle Jeannette... C'est vous, ben
vous, qui parlez... Ah! mon Dieu! je ne sais
plus..., je n'y vois plus..., je.....

LE NOTAIRE.

Signez-vous, M. Pierre?

PETIT PIERRE (*fou de joie*).

Si je... Ah! mamz'elle Jeannette!... Ah! M. le
notaire... (*Il baise les mains de Jeannette et em-
brasse le notaire*).

LANDRY (*furieux et enfonçant, d'un coup de poing
son chapeau sur sa tête*).

Jarni!... Pardi! c'est comme ça, eh ben!...
eh ben..., que toutes les femmes aillent au.....
(*Murmures parmi les villageoises*). Je vas nocer
moi tout seul, je vas manger, m'empiffrer..., ohé
gare à vous tous!...

(Il sort furieux, en faisant une trouée parmi les villageois)

SCÈNE XIV.

Les précédents, moins LANDRY

JEANNETTE (*à Petit Pierre*).

Oui, monsieur Pierre, je vous aime! et c'est ben
sûr un amour du bon Dieu! puisque c'est vot' petite croix qui me l'a inspiré...

PETIT PIERRE.

Oh! mamz'elle Jeannette! c'est-y pas trop de
bonheur ça... Oh! ne me dites pas que je rêve...

JEANNETTE (*on entend sonner la cloche de l'église*).

Non, Pierre... Entendez vous-même...

FINAL.

A l'église nous appelle
La cloche tout en émoi ;
C'est le bon Dieu qui par elle,
Nous dit venez donc à moi...

PETIT PIERRE et JEANNETTE.

Notre amour est son ouvrage,
Il nous a fait nous chérir,
Aussi, notre mariage,
C'est Dieu qui doit le bénir...

CHŒUR.

A l'église vous appelle, etc.

(Vers la fin du chœur, villageois et villageoises, se donnant le bras, défilent vers l'église).

THOMAS (*interrompant le défilé*).

Mais, mamz'elle Jeannette, et la noce, la fête, la
danse?...

JEANNETTE.

Tout cela sera, mes bons amis!...

Ça ne change point l'affaire,
N'en ayez aucun souci,
Vous deviez danser pour Landry,
Vous danserez pour Petit Pierre!...

CHŒUR.

(*Sur l'air duquel les villageois dansent une ronde et puis
une bourrée*).

Et viv' donc, mamz'elle Jeannette,
Et viv' donc! on dansera,
On dansera laïrette,
On dansera
Laïra!

(*Rideau*).

DU MÊME AUTEUR.

Homœo
et } **pathes,** folie-vaudeville en un acte.
Allo

Le Gendre aux écus, opérette en un acte, musique de Belliard.

Un futur présent, vaudeville en un acte.

Sébastopol, drame militaire en 2 actes et une apothéose.

Paquerette, comédie en vers, en un acte.

Les Gardes françaises, opéra-comique en un acte, musique de José Protti.

L'escalier de service, vaudeville en un acte.

Les dernières folies, vaudeville en un acte.

Représentés sur divers théâtres.

MARSEILLE. — TYPOGRAPHIE ET LITOGRAPHIE ARNAUD ET COMP., CANNEBIÈRE. 10.

www.ingramcontent.com/pod-product-compliance
Lightning Source LLC
Chambersburg PA
CBHW061529170626
46811CB00004B/1899